Aus dem Kokon geschlüpft

Marion Cremer

Aus dem Kokon geschlüpft

Erlebnisse aus der Reinkarnationstherapie

Impressum:

© 2007 Marion Cremer, Heilbronn

Titelbild: Schmetterling
Urheber: M. Misar, adpic Bildagentur

Herstellung und Verlag:
Books on Demand GmbH, Norderstedt

ISBN 978-3-8370-0616-2

**Bibliografische Information der Deutschen National-
bibliothek**
Die Deutsche Nationalbibliothek verzeichnet diese Publi-
kation in der Deutschen Nationalbibliografie; detaillierte
bibliografische Daten sind im Internet über http://dnb.d-
nb.de abrufbar.

Inhaltsverzeichnis

Bevor es losgeht

Als ich meinen Weg nach mehr Selbsterkenntnis begann, suchte ich nach einer Möglichkeit, mich besser zu fühlen und etwas zu tun, was mich WIRKLICH interessierte. So entschied ich mich bei der Auswahl zwischen dem Studium als Fachwirtin und der Astrologie für Letzteres – und bin bis heute sehr glücklich darüber und kann mich immer wieder neu dafür begeistern.

Die Astrologie war der erste große Schritt, der das Verarbeiten über den „Kopf" möglich machte. Hier fand ich die Punkte, an denen ich arbeiten konnte, um bewusster und besser zu leben. Dann jedoch stellte ich fest, dass ich tiefere Ebenen erreichen musste, um wirklich etwas zu verändern.

So ging es über Reiki und die Energie- und Lichtarbeit, die Beschäftigung mit Bachblüten und Edelsteinen, bis hin zu verschiedenen Formen von Aufstellungen und schließlich einer intensiven Reinkarnationstherapie.

Diese Rückführungen in meine inneren Bilder gehören zu den tief greifendsten Erfahrungen meines Lebens. Nirgendwo sonst wurde ich so intensiv auf mich selbst zurückgeworfen. Auf dem Grunde meiner Seele wurde viel berührt und bewegt, was Entwicklungen der Gedanken- und Gefühlswelt nach sich zog, die sich natürlich auch im Außen spiegelten.

Jede der Stationen auf meinem Weg war wichtig. Jede davon tauchte im richtigen Moment auf. Es war lediglich nötig offen zu bleiben und die sich bietenden Gelegenheiten zu ergreifen.

Wenn Sie selbst bereits „auf dem Weg" sind, wissen Sie wahrscheinlich, wovon ich rede. Falls Sie noch zögern oder zweifeln ihn zu beschreiten, kann ich Ihnen mit meinen Erlebnissen aufzeigen, an welchen Stationen man vorbei kommen kann. Es kann aber auch ganz anders sein. Jeder folgt seinen eigenen Impulsen und macht individuelle, persönliche Erfahrungen.

Zwei Dinge kann ich Ihnen jedoch versprechen, wenn Sie beschliessen, sich zu der Entdeckung des eigenen „Ich" aufzumachen:

1. Es wird eine spannende und abenteuerliche Reise, die Sie nie vergessen werden.
2. Es gibt kein zurück.

Jedes der Themen, die ich in diesem Buch anspreche, beginnt mit einer Sequenz meiner inneren Bilder, die während der Rückführungen oder begleitend in dieser Zeit in mir aufstiegen. Diese Bilder haben mich berührt und aufgerüttelt, erschreckt oder mir aufgezeigt, welche Kraft und Gefühle in mir stecken.

Es sind meine Bilder, die etwas mit mir zu tun haben und sich mit der Zeit auch verändern. In diesem Buch nutze ich sie, um Ihnen einen Einblick zu geben, was in mir ausgelöst wurde um so aufzuzeigen, was auftauchen kann und wie ich zu meinen Erkenntnissen gekommen bin. Ihre Bilder, inneren Themen oder Erkenntnisse können ganz anders aussehen. Alles, wozu ich Sie gerne animieren möchte, ist, das Sie sich mit Ihren ureigenen Gedanken und Gefühlen auseinander setzen, Ihrer Intuition folgen und Ihren persönlichen Weg gehen.

Wie auch immer Sie sich entscheiden, so freue ich mich, wenn ich Sie mit meinen Worten berühren oder etwas in Ihnen anstoßen kann.

In tiefer Dankbarkeit an alle, die mich bis hierher begleitet haben, mich gefördert oder unterstützt haben und an „das Leben".

Marion Cremer

Die Reise zum „Ich"

Auf der Wiese steht ein großer alter Baum mit hoher Krone und weit verzweigten Ästen. Überall blühen Blumen in leuchtenden Farben und Schmetterlinge fliegen umher. Ich stehe mitten in dieser Pracht und sehe ihnen zu, wie sie luftig und leicht von Blüte zu Blüte flattern. Etwas entfernt ist ein kleines, altes Haus mit Butzenscheiben. Ich gehe darauf zu und öffne die knarrende, grüne Holztür. Das ganze Haus besteht aus einem großen Raum. Vom Eingang aus kann ich bis unter die Dachsparren schauen. Innen ist es karg eingerichtet. Nur eine Eckbank, ein schwerer Holztisch und ein prasselndes Kaminfeuer befinden sich darin. Sowie eine Falltür, von der es über eine Treppe in den Keller hinab geht. Hier finden sich ein paar Kisten mit alter Kleidung, ordentlich abgelegte Akten, ein Karton mit Photos von meiner Familie – und noch eine Falltür.

Nein, da will ich nicht hinunter. Dort ist ein furchtbares Monster. Nur unter Mühe und mit heftigster innerer Gegenwehr öffne ich die zweite Falltür. Vor mir, hinter einer Wand aus Panzerglas, steht „das Monster" - ich selbst, nur jünger, mit Krallen und Feuer spuckend, tobend und kreischend. Ich habe Angst. Was passiert, wenn ich diese Furie heraus lasse? Zerfetzt sie mich?

Lange überlege ich, was ich tun soll. „Das Monster" tut mir leid, eingesperrt hinter dieser Glaswand. Zugleich macht es mir Angst. Dann fälle ich meinen Entschluss, trete vorsichtig zur Seite und sperre auf. Das Monster schießt an mir vorbei, nach oben und ins Freie, auf die Wiese. Das ist der Beginn ...

So fing es an, mit der ersten Führung in meine inneren Bilder. Etwas nervös und aufgeregt, aber zugleich neugierig und voller Vorfreude, ließ ich mich auf dieses Abenteuer ein. Begeistern konnte mich dazu, neben den Ausführungen meines Therapeuten, das Buch „Maskenball der Seele" von Matthias Wendel. Darin hatte ich gelesen, welche Themen während einer Reinkarnationstherapie auftauchen können und ich fand die Schilderungen darin höchst interessant. Auf das, was ich dann alles selbst erfahren durfte, hätte mich allerdings wohl kein Buch auf dieser Welt vorbereiten können.

Das freundliche und helle Bild der Wiese entsprach meiner Stimmung und Schmetterlinge habe ich schon immer geliebt. Deren Leichtigkeit und Farbigkeit faszinieren mich seit jeher. Auch der Gang in den ersten Keller machte mir nichts aus. Den kannte ich gut durch die Auseinandersetzung mit meinem Horoskop. Hier lag all das, ordentlich verstaut und verpackt, was ich mir bereits angesehen hatte. Erleichtert blickte ich mich um und betrachtete das Ergebnis meiner bisherigen Arbeit an meinen inneren Themen. Ich stellte zufrieden fest, dass ich eine ganze Menge erreicht hatte. Fein säuberlich gestapelt meine „alte Kleidung", Masken und Äußerlichkeiten, die ich inzwischen abgelegt hatte. Akten mit Erfahrungen und voller theoretisch bearbeiteter Themen, die als bereits abgehakt und fertig gestellt in diesem Keller archiviert wurden. Genau wie die alten Familienbilder. Alles bekannt und bestens verstaut.

Doch dann ging es tiefer. Angst breitete sich in mir aus. Wieso noch einen Keller tiefer? Davon war zuvor aber keine Rede gewesen! Nur widerwillig fand ich den Zugang zu diesem zweiten Keller und öffnen wollte ich ihn schon gar nicht. Als ich es schließlich doch tat und „das Monster" sah, hätte ich am allerliebsten gleich die Tür kräftig wieder zugeschlagen und mehrfach sicher verriegelt. So ganz nebenbei – das habe ich in dieser Sitzung auch ein paar Mal getan. Nur änderte das leider nichts. Dieser abgeschobene, wütende und zornige, traurige und zutiefst verletzte Teil von mir war schließlich trotzdem da. Tief verborgen, weg gesperrt und sicher verriegelt, aber trotz allem vorhanden. Nicht umsonst hatte ich mich zu dieser Reise aus einem inneren Bedürfnis heraus entschlossen.

Natürlich hätte ich jetzt einfach wieder zumachen, aufstehen und die Sitzung beenden können. Dies wäre der einfachste und schnellste Weg gewesen. Das Monster in seinem Gefängnis einfach vergessen. Doch zu diesem Zeitpunkt war mir längst klar, dass dieser Wesensanteil genau derjenige in mir ist, der immer im unpassendsten Moment zum Vorschein kommt. Genau der Anteil, der mich daran hindert, glücklich und frei zu leben. Man kann nämlich nicht glücklich und frei leben, wenn man sich selbst einsperrt und sei es nur teilweise. Das funktioniert einfach nicht.

Es kostete mich unglaubliche Überwindung, diese Furie aus ihrem Gefängnis herauszulassen. Ich hatte Angst, ganz tiefe Angst. Sie grummelte im Bauch, drückte auf die Kehle und nahm mir die Luft. War es gut gewesen, das zu tun? Bin ich eigentlich noch ganz bei Verstand?

Egal, es ist jetzt einfach so. Irgendwo war es bei aller Angst auch befreiend. Wie auch immer es jetzt weiter geht, der Anfang ist gemacht. Ab jetzt gibt es kein zurück mehr. „Das Monster" ist frei.

Der letzte Weg

Gekleidet in ein helles, langes Gewand ziehe ich als Heiler durch die Lande, begleitet von einem jüngeren Mann. Diesmal sind wir unterwegs, um einer sterbenden Frau den letzten Weg zu erleichtern. Heiter und gelassen schreite ich voran, während mein Begleiter ernst und etwas bedrückt erscheint. An der Hütte der Frau angelangt, gehen wir hinein und sehen sie auf einer Art Feldbett aus Hölzern und Matten liegen. Ich setze mich ans Bett und rede mir ihr. Die Stimmung zwischen uns ist offen und leicht. Sie bittet mich um die Flüssigkeit aus einem kleinen Gefäß an meinem Gürtel. Ich reiche ihr die Pheole und lasse sie davon trinken. Während sie zufrieden zurück sinkt, nehme ich ihre Hände und bleibe bei ihr. Liebevoll und erleichtert lächelt sie mich an, bis sie einschläft und aufhört zu atmen. Weiterhin bin ich gelassen und frohen Mutes, denn ich weiß, ich habe getan was ich konnte, um es ihr so leicht und angenehm wie möglich zu machen. Wir lassen sie in der Hütte zurück und gehen unseres Weges ...

Etwas in mir wollte und musste beendet werden und sterben. Alte Vorstellungen und die bisherige Art, mit mir selbst umzugehen, war überholt. Die Zeit, mich zu beschränken, zu funktionieren und dem Willen anderer zu entsprechen, war einfach vorbei.

Dies war keine wirklich bewusste Entscheidung, sondern ein Bild, das ganz von selbst auf einmal vor mir auftauchte. Ohne zu wissen, was weiter auf mich zu kommt, fühlte es sich unglaublich gut an. Leicht und angenehm.

Es war Zeit, diesen Schritt zu tun.

Veränderungen in unserem Leben nehmen oft von selbst ihren Lauf. Wir brauchen nicht mehr zu tun, als sie einfach zuzulassen. Es geht ganz einfach vor sich, wie von selbst. Nur wenn wir verzweifelt an etwas festhalten oder uns gegen etwas sperren, tut es weh.

Im Zusammenhang mit den Themen Transformation und Weiterentwicklung bin ich oft auf das Bild des Phönix gestoßen. Was mir an dem Phönix mitunter Angst machte, ist, dass er erst dann aufsteigt, wenn hinter ihm alles in Schutt und Asche liegt. Dann erst fliegt er in seinem wunderschönen, bunten Federkleid hinauf in den Himmel.

Das Bild der sterbenden Frau hingegen macht mir gar keine Angst. Es war ganz natürlich, einfach und klar. Eine Phase geht zu Ende, eine neue beginnt. Ohne großen Aufwand, einfach so. Ein wirklich schönes und entspanntes Bild. So möchte ich irgendwann einmal von dieser Welt gehen.

Das geheime Wissen

*Eine Stadt aus niedrigen weißen Häusern, steil auf-
steigend vom Meer herauf, irgendwo vor langer Zeit im
vorderen Orient. Ich bin als Schreiber in einem Tempel
beschäftigt. Das alte Wissen wird festgehalten oder neu
abgeschrieben auf Blättern aus Papyrus. Dabei kommt
mir eine Schriftrolle zu einem Thema unter die Finger,
die ich nie hätte sehen dürfen. Es handelt sich um gefähr-
liche okkulte Inhalte und Praktiken. Kurzentschlossen
nehme ich die Papiere an mich und will sie in Sicherheit
bringen, damit sie nicht in falsche Hände geraten. Hier
im Tempel gibt es genug Menschen, welche für die darin
enthaltene Macht ihr Leben geben würden. Ich schleiche
mich aus dem Tempel und laufe nach Hause, um meine
Familie zu holen und zu flüchten. Aber als ich dort
ankomme, ist bereits niemand mehr da. Ich komme zu
spät, man ist mir bereits auf den Fersen. Ich renne in
Panik vor meinen Verfolgern eine breite Steintreppe
Richtung Meer hinab und schaue im Laufen über die
Schulter, wie weit sie noch hinter mir entfernt sind. Ich
kann niemanden sehen, stattdessen stolpere ich, schlage
mit dem Kopf auf die Steinstufen auf – und sterbe.
Wohin dann allerdings die Schriftrollen gekommen sind,
ist mir ein Rätsel. Ich hatte sie bis zum Schluss in der
Hand. Jetzt sind sie plötzlich verschwunden, obwohl sie
mir niemand genommen hat ...*

Bücher gehören zu den Dingen in meinem Leben, die ich
heiß und innig liebe. Als Kind konnte ich mich
stundenlang mit einem Buch in irgendeine ruhige Ecke
verziehen und kein Wälzer war vor mir sicher. In

Geschichten und Erzählungen, in alte Kulturen und die unterschiedlichsten Weltbilder einzutauchen, hat mich seit jeher fasziniert.

So ging es mir auch, als ich begann mich mit Esoterik, Astrologie und Spiritualität zu beschäftigen. Zu jedem Thema, das mir begegnet und mich ernsthaft interessiert, häufen sich zunächst die Bücherberge. Dann verschwinde ich von der Bildfläche und tauche nur widerwillig zwischendurch, oder gar erst dann wieder auf, wenn ich mich intensiv hinein gelesen habe.

Also sammelte sich hier einiges an. Immer wieder sah oder las ich von Büchern oder Fachzeitschriften, die besonderes Wissen enthalten sollten. Informationen, an die man anders nicht heran kommt, die möglichst geheim bleiben sollten, nur für Eingeweihte oder spezielle Kreise zugänglich sind. Ich nahm das ernst, fühlte mich geehrt solches Wissen zu erhalten und zu dem erlauchten Kreis zu gehören.

Bis mir schließlich aufging: alles Schmarren! An die allermeisten dieser Informationen kommt jeder ohne großen Aufwand und in dem Rest steht auch nicht immer wirklich Geheimes, geschweige denn Brauchbares drin. Letztendlich kochen wir alle nur mit Wasser. Egal, welchen Zauber wir vor dem Kochtopf veranstalten.

Die allergrößten Erkenntnisse und Wahrheiten liegen in den ganz banalen, alltäglichen Dingen des Lebens, in der täglichen Umgangssprache und in uns selbst. Bücher faszinieren mich nach wie vor und immer, wenn mir eines über den Weg läuft, das mich anspricht, sagt mein innerer Schweinehund: „Will ich haben!“

Viel mehr jedoch konnte ich durch Informationen lernen, die sich so nebenbei in mein Leben schlichen oder ganz einfach durch ausprobieren, anwenden und Austausch mit anderen. So einiges, was ich selbst versucht habe, ging auch mal daneben. Aber noch mehr davon gelang. Oftmals ohne viel Brimborium oder die Lehren von irgendeinem Guru oder Channeling. Ich bin nun einmal nicht der Typ für überflüssigen Schnickschnack, auch wenn ein paar Zaubertricks und eine Kristallkugel auf dem Tisch mitunter bei manchen Leuten ganz nett Eindruck schinden. Ich sehe darin höchstens die Staubwolken, die sich darauf sammeln.

Ich mag es lieber praktisch und einfach, pragmatisch in der Anwendung und nutzbringend. Ich arbeite mit meinem Verstand und dem darin enthaltenen Wissen, mit Spürsinn und Intuition, mit meinen Händen und dem PC. Mehr brauche ich nicht. Natürlich hat sich hier mit der Zeit einiges angesammelt, aber das meiste davon dient eher der Dekoration als dem Zweck. In der Einfachheit und in der Erfahrung der Menschen, die sich praktisch mit etwas befassen, ist meiner Erkenntnis nach viel mehr Wissen enthalten, als in Bibliotheken voller Bücher und schriftlich festgehaltener Weisheiten.

Kapitän und Steuermann

Sicher auf stabilen Planken am Steuer stehend, habe ich die Führung meines Segelschiffes mitsamt der Besatzung fest in der Hand. Alle arbeiten Hand in Hand, die Stimmung ist gut und der Wind von Freiheit weht mir um die Nase. Leider gibt es einen Haken an der Geschichte – das Schiff gehört nicht mir, sondern einem Herrscherpaar, in dessen Auftrag ich unterwegs bin, um neues Land zu entdecken. Tatsächlich stoßen wir auf eine bisher unbekannte Insel, erkunden diese und freunden uns mit den Ureinwohnern an.

Auf dem Rückweg über das Meer habe ich kein gutes Gefühl, und als das Herrscherpaar von meiner Entdeckung erfährt, will es die Insel erobern und besetzen. Ich habe nur die Wahl zwischen dem Gefängnis oder ich muss Soldaten auf dem Schiff mitnehmen und zu der Insel führen. Ich entscheide mich dazu, die Soldaten mitzunehmen, da ich nicht ins Gefängnis möchte. Das könnte ich nicht ertragen.

Zunächst fahre ich Umwege und suche einen Ausweg. Als ich aber keinen finde, steuere ich schließlich die Insel an und die Soldaten nehmen uns mit an Land, um dann die Insel zu erstürmen. Meiner Mannschaft und mir gelingt es zu fliehen und uns auf das Schiff zu retten. Wir fahren los mit einem furchtbar schlechten Gewissen den Ureinwohnern gegenüber. Jetzt geht es nicht wieder in Richtung Heimat, nie wieder!

Wir suchen erneut nach neuen Ufern und finden eine andere Insel, auf der wir willkommen sind. Dort siedeln wir uns an. Weiterhin fahre ich mit meiner Mannschaft auf das Meer hinaus, aber nun kommen wir gerne wieder in unseren neuen Heimathafen. Die Vergangenheit lassen

Von klein auf werden wir darauf trainiert, den Vorstellungen und Erwartungen anderer Menschen und der Gesellschaft um uns herum zu entsprechen. Zuverlässig, ordentlich und brav versuchte auch ich zunächst den üblichen Konventionen gerecht zu werden. Schule, Ausbildung, Berufsalltag – immer schön, wie es sich gehört.

Hilfreich, gut und edel setzte ich mich für die „gute Sache" ein, ging voran und baute etwas auf, beziehungsweise machte Neuland klar, und andere heimsten den Erfolg ein oder machten es nieder. Schon stand ich wieder dumm da.

Ach ja. Hilfreich, gut und edel – das waren die Stichwörter. Wie dieser Kapitän stehe ich gern selbst am Steuer und bestimme, wo es lang geht. Das ist immer so lange gern gesehen, wie man die Arbeit für andere übernimmt, ohne eine Gefahr darzustellen. Ansonsten ändert sich das meist schlagartig. Dann ist es mit hilfreich, gut und edel vorbei.

Allerdings auch bei mir. So hab ich Ihnen mal flugs unterschlagen, dass ich die Soldaten in dem Bild am liebsten auf einer abgelegenen Wüsteninsel ausgesetzt und verdursten gelassen hätte. Ich habe nur keine gefunden. Das diese ja ebenfalls nur auf Kommando gehandelt hatten und vielleicht das Geld brauchten, um ihre Familien zu ernähren – auf die Idee bin ich irgendwie gar nicht gekommen. Geschweige denn darauf, dass ich hier ja letztlich das Schiff geklaut hatte.

Da hinkt hilfreich, gut und edel doch schon ziemlich hinterher. Das war der eine Teil dieser Lektion, die ich bei diesem Bild zu überdenken und in meinem Alltag umzusetzen hatte.

Die zweite Lektion bestand in der Lösung, die ich für mich und meine Leute gefunden hatte und die ich mein Leben lang auf gewisse Art sowieso favorisierte. Nämlich mich unabhängig zu machen, eigenes Neuland zu entdecken und mich so von allen „Herrschern" zu befreien. Dies geht natürlich immer nur in einem beschränkten Maße, wie es denn halt gesellschaftlich, sozial und gesetzlich möglich ist. Aber oft ist mehr möglich, als ich mir zunächst zutraue. So, wie es für mich ganz selbstverständlich ist, eine eigene Wohnung zu haben, um mich in Ruhe zurückziehen zu können. Genauso gibt mir eine berufliche Selbstständigkeit die Unabhängigkeit, mich nicht mehr nach einem Vorgesetzten richten zu müssen. Mehr Unabhängigkeit bedeutet gleichzeitig immer mehr Risiko und Verantwortung. Meist ist es das wert.

Die dritte Lektion ist das Üben des Umgangs mit einflussreichen Personen und machtvollen Institutionen. Diese Lektion mag ich gar nicht. Aber das führe ich an dieser Stelle nicht aus. Das Thema kommt sowieso später noch einmal.

Der Rudersklave

Angekettet und in bleierner Hitze sitze ich auf einer Bank auf dem Deck der Galeere mit vielen anderen Sklaven. Im Takt der Trommel tauchen wir unter großer Kraftanstrengung die Ruder in das Wasser und ziehen durch. Immer wieder, tagein – tagaus. Ich habe starken Durst, mir ist heiß, die Luft ist drückend und ich bin furchtbar erschöpft. Trotzdem versuche ich durchzuhalten, denn wenn ich aufhöre, setzt es Peitschenhiebe. Aber irgendwann geht es einfach nicht mehr. Der Sklaventreiber kommt und brüllt mich an, ich solle weitermachen. Dann schlägt er erst mit einem Knüppel und, wenn das nicht hilft, schließlich mit der Peitsche zu. Kurzzeitig versuche ich weiterzurudern, um den Schmerzen zu entgehen. Doch irgendwann geht nichts mehr. Ich kippe um und verliere das Bewusstsein. Eine Erlösung. Als ich erwache, liege ich unter Deck, angebunden in einer Koje. Eine Weile stelle ich mich weiter ohnmächtig, um noch etwas Ruhe zu haben. Irgendwann versuchen sie erst mit kaltem Wasser und dann mit Schmerzreizen mich zu wecken. Als ich darauf reagiere, muss ich gleich wieder nach oben zurück ans Ruder ...

Wie im Hamsterrad, Tag für Tag in die gleiche Tretmühle, das kennen wohl die meisten von uns. Irgendwie hat sich der gesamte Ablauf verselbstständigt und wir funktionieren einfach in der uns zugewiesenen Rolle. Oft genug haben wir uns diese sogar irgendwann einmal selbst ausgewählt. Aber nur, weil wir einmal etwas gewählt haben, müssen wir nicht ein Leben lang dabei bleiben. Selbst in der Politik gibt es regelmäßig

Neuwahlen. Davon könnte man für das eigene Leben durchaus lernen.

Viele trauen sich nicht die gegebenen Konventionen zu durchbrechen und bevorzugen deshalb die gesellschaftlich akzeptierte Form des Ausbruchs und des Sich-Davon-Stehlen. Sie werden krank. Da kann man schließlich selbst nichts dafür und somit ist man das arme Opfer.

Mehrmals habe ich mich bis zum Burnout selbst angetrieben. Der Blutdruck steigt, das Herz rast, weder kann ich schlafen, noch Leistung bringen. Körper und Seele zeigen mir radikal ihre Grenzen.

Apropos Körper: Jeder hat seine Bereiche, die immer irgendwie zu kurz kommen und unter dem Rest leiden müssen. Für mich war das von jeher mein Körper. Der hat bitte schön einfach so zu funktionieren, wie ich mir das gerade vorstelle. Soll Leistung bringen, wenn ich es möchte, soll friedlich sein, wenn ich schlafen will. Schmerzen soll er schon gar nicht anzeigen und mit dem, was mal so eben im Kühlschrank greifbar ist, soll er zuverlässig weiterlaufen. Der beste Sklaventreiber bin ich doch schließlich selbst, nicht wahr?

Nur, so läuft es eben nicht. So ganz allmählich musste sogar ich erkennen, dass ich mich damit im Gesamten nur selber fertig mache. Wenn ich geistig, seelisch oder emotional aktiv sein möchte, brauche ich einen Körper, der ebenfalls gesund und leistungsfähig ist. Noch dazu ist er wunderbarerweise ein hervorragendes Messinstrument. Mit absoluter Deutlichkeit zeigt er mir an, wann ich zu weit über Grenzen gehe, wann ich meine eigenen Bedürfnisse vernachlässige oder mich zu sehr gehen lasse. Er spiegelt es mir ganz klar. Konsequent hält er mir die Ergebnisse dessen vor Augen. Wenn ich dann nicht auf ihn höre, streikt er. Recht hat er!

Inzwischen lerne ich mehr und mehr mit ihm zusammenzuarbeiten. Er bekommt öfter gesunde Nährstoffe als früher. Regelmäßig gibt es Spaziergänge in die Natur, und ich richte mich mit meinen Aktivitäten eher nach seinem Rhythmus als nach meinen Vorstellungen. Das ist noch lange kein glücklicher Zustand, aber zumindest ein Anfang und ein gewaltiger Fortschritt gegenüber dem vorherigen Status.

Immer mehr übernehme ich selbst die Verantwortung für meine körperliche, geistige und seelische Gesundheit. Wenn es mir nicht gut geht, ist etwas nicht in Ordnung. Dann hilft es mir nicht, zum Doktor zu gehen und ein paar Pillen zu schlucken, sondern ich muss etwas verändern, um wieder ein Gleichgewicht herzustellen. Das hab ich inzwischen begriffen und versuche immer mehr danach zu leben.

Allerdings ist es mitunter ganz schön anstrengend, unbequem und zeitaufwändig, so für sich zu sorgen. Und ein paar Dinge bekomme ich trotz bestem Willen einfach noch nicht in den Griff, wie zum Beispiel mein Essverhalten. Wenn meine Seele und mein Gefühl nach Ersatzbefriedigung durch Schokolade schreien, hilft es mir nicht an einer Möhre zu knabbern. Klar weiß ich, dass es da noch anzusetzen gilt. Jedoch habe ich doch gerade eben erst gelernt, nicht tausend Baustellen gleichzeitig aufzumachen, um mich nicht wieder in verschiedener Hinsicht selbst zu überfordern. Also bleibt es vorläufig bei der Schokolade!

24

PS: Immerhin hab ich während und nach der Reinkarnationstherapie rund 15 Kilo abgenommen. Ohne Diät
oder Sport. Das ist zwar noch lange nicht genug und jetzt
etwa 2 Jahre danach ist auch ein Teil davon wieder drauf.
Aber trotzdem: Da sag nochmal einer, emotional und
seelisch aufzuarbeiten lohnt sich nicht.

Auf der Flucht

Mein Mann und ich dienen im Tempel. Durch Zufall ist er mit verbotenen Schriften in Berührung gekommen, die er nie hätte sehen dürfen. Nun sind wir auf der Flucht. Die Kinder können wir in sicherer Gewahrsam unterbringen, aber wir selbst müssen getrennt flüchten. Nachdem wir uns voneinander verabschiedet haben, gehe ich in den Tempel und betrete einen geheimen unterirdischen Tunnel. Bereits vor Jahren habe ich diesen Gang entdeckt und weiß, dass er am hintersten Ende in die Wüste mündet.

Mit Wasserschläuchen versorgt mache ich mich auf den Weg. Als ich das Ende des Tunnels erreiche, warte ich bis es Nacht wird und ziehe dann los in Richtung auf die nächste Oase. Dort warte ich einige Tage, doch mein Mann trifft nicht am verabredeten Treffpunkt ein.

Aus Angst vor Verfolgern laufe ich schließlich weiter bis zur nächsten größeren Stadt. Dort schlafe ich zunächst unter freiem Himmel und suche mir eine Arbeitsstelle als Weberin. Den Menschen dort sage ich, dass mein Mann mich geschlagen hätte und ich deshalb geflüchtet wäre. Das glauben sie mir und lassen mich in Ruhe, während ich weiterhin unauffällig nach ihm Ausschau halten kann. Einige Monate später ist er immer noch nicht angekommen. Da entschließe ich mich, in den Tempel der Stadt zu gehen und der Hohepriesterin zu erzählen, was vorgefallen war. Sie nimmt mich in den Tempel auf. Allerdings unter einer neuen Identität und der Voraussetzung, dass ich sehr zurückhaltend auftrete. Oft muss ich an die Vergangenheit denken, weine häufig über den Verlust meiner Familie und sterbe endlich einige Jahre später an gebrochenem Herzen ...

Etwas zu verlieren, durch Zwang oder die Umstände hinter sich lassen zu müssen, ist immer schmerzhaft. Man fühlt sich ausgeliefert und hilflos. Hat keinen Einfluss auf das Geschehen als solches und kann gerade noch zusehen, möglichst heil und unversehrt davon zu kommen.

Als ich vor einiger Zeit meinen Job verlor, wollte ich zunächst nur noch sterben. Auf der Heimfahrt von der Arbeitsstelle habe ich mir bei jedem Baum am Straßenrand vorgestellt, wie es wäre, wenn ...

Als nächstes brach ich in hektische Betriebsamkeit aus, suchte wie eine Wahnsinnige nach einer neuen Stelle und fand nichts. Machte mich selbstständig und es lief nur schleppend. Bis ich schließlich aufgab und mir nur noch die Decke über den Kopf ziehen wollte. Noch eine Weile hegte ich die Hoffnung, wieder in meinem alten Job unterzukommen, und jammerte und schimpfte abwechselnd. Geholfen hat mir nichts davon.

Erst ganz allmählich fand ich mich damit ab, dass der vorherige Lebensabschnitt nun offenbar einfach zu Ende war. Vorbei mit dem Traum von der Karriere oder zumindest von dem gut bezahlten Job, in dem ich mich verwirklichen konnte. Immerhin hatte ich meine Tätigkeit wirklich geliebt und mich stark dafür engagiert. Aber nun war es halt vorbei.

So ganz schleichend nebenher lief weiter meine Selbstständigkeit. Die Astrologie hatte mich gepackt, hin und wieder verkaufte ich ein Horoskop und die Beratungen bekamen immer mehr eine andere Qualität. Hier und da tat sich eine Tür auf und es kam etwas Neues hinzu.

Gern würde ich Ihnen jetzt erzählen, dass ich nun als strahlende Astrologin und Reiki-Lehrerin am Sternenhimmel zu Hause bin, in einer Villa lebe und ein Cabriolet fahre. Sie kennen die Werbung: mein Haus, mein Auto, mein Boot. Derzeit bin ich zufrieden, wenn ich halbwegs gut über die Runden komme. Trotz allem bin ich inzwischen manchmal sehr froh, dass sich das Blatt gewendet hat. Denn nur allzu leicht übersieht man, was früher alles nicht so rosig war. Die vielen Überstunden, die Anstrengungen, das daraus resultierende Burnout-Syndrom. Geld war da irgendwie auch nicht mehr übrig gewesen. Es ging einfach für andere Dinge drauf.

Mein Leben ist ruhiger geworden. Die Schwerpunkte haben sich verändert. Ich liebe die Freiheit, meinen Tag so zu gestalten, wie ich es möchte. Lange Gespräche mit Freunden zu führen. Oder einfach mal im Schlafanzug am Laptop zu sitzen, statt abgehetzt und gestylt im Büro. Eben eine andere Qualität.

Inzwischen träume ich davon, nach Schweden oder Norwegen zu gehen. Die Natur und die Landschaft begeistern mich, die Menschen sind freundlicher und herzlicher, die Holzhäuser haben ihren ganz eigenen Charme. Die Sprache stellt derzeit noch ein Hindernis dar, aber das kann ich ändern, und schließlich arbeite ich viel im Internet und am Telefon. Da spielt es dank der globalen Vernetzung keine Rolle, ob ich in Heilbronn oder in Jönköping lebe. Der Online-Sprachkurs Schwedisch ist jedenfalls schon da. Während meiner Zeit als Angestellte hätte ich vermutlich nicht einmal gewagt, an so etwas wie auswandern zu denken. So ändern sich die Zeiten.

Mauern

Die Mauern sind dick und grau. Ich sitze auf dem Boden, friere und bin allein. Längst habe ich aufgehört zu schreien und zu toben, denn dann werden nur noch ein paar Türen mehr geschlossen, damit man mich nicht mehr hört. Im Alter von 7 Jahren habe ich aufgegeben, auf mich aufmerksam zu machen oder mich zu wehren. Man hat mich aus meiner vertrauten Umgebung gerissen. Meine Mutter weiß nichts mit mir anzufangen und hat mich weg gesperrt. Einsam und unglücklich weine ich vor mich hin und weiß nicht, was ich tun soll. Was mir bleibt ist der Zugang zum höheren Licht und den Lichtwesen. Den kann mir niemand nehmen, denn dieser Kanal ist in mir und gehört zu mir ...

Meine Beziehung zu meiner Mutter war in meiner Erinnerung eigentlich nie wirklich vorhanden. Eine feste innere Bindung war einfach nicht da. Vielleicht liegt es daran, das ich als Kind im Alter von wenigen Monaten aufgrund der damaligen Wohnumstände meiner Eltern krank wurde und so schließlich zu anderen Verwandten umquartiert wurde. Vielleicht auch daran, dass meine Mutter noch sehr jung war und in vieler Hinsicht von den Verpflichtungen in dieser Familie, in die sie hinein geheiratet hatte, überfordert war. Jedenfalls sind meine Gefühle von früher kindlicher Wärme und Nähe nicht in Hinsicht auf meine Mutter, sondern auf Oma und Großtante geprägt.

Trotzdem fehlt mir da offenbar etwas. Denn ansonsten wäre diese Mauer überflüssig. Ich fühlte mich oft einsam, allein und unglücklich. Einer meiner Lieblingsplätze als kleines Kind war die Nische, die sich bei meiner Oma hinter der Wohnzimmertür und der mit etwas Abstand stehenden Wand ergab. Dort saß ich mit meinen Puppen und fühlte mich sicher. Später verzog ich mich mit Büchern in mein Zimmer und igelte mich dort ein. Dabei saß ich in der kühleren Jahreszeit gern auf dem Fußboden, mit dem Rücken an der Heizung und suchte so Wärme.

Wärme und Nähe kamen irgendwie immer bei uns zu kurz. An so etwas wie Umarmungen kann ich mich gar nicht erinnern. Das gab es, außer als kleines Kind, irgendwie nicht. Wie in vielen anderen Familien auch, existierte stattdessen nach außen hin eine nette Fassade und innerhalb des Clans viel Zank und Streit, Eifersucht, Machtspiele und Intrigen. Irgendwie ging es immer jeder gegen jeden, mit sich abwechselnden Bündnissen. Mir ging das ziemlich an die Substanz. Wenn ich also nicht gerade fleißig mitmachte, denn schließlich war das ja irgendwie Alltag (schon pervers, oder?), zog ich mich zurück und schottete mich ab.

Im Aufbauen emotionaler Wände bin ich vermutlich inzwischen Weltmeister. Die Lektionen der frühen Kindheit lernt man schließlich gründlich. Ich brauchte den Schutz dieser Mauern, um emotional zu überleben. Sie sind stark, hoch und felsenfest. Nur leider grenzen Mauern in beide Richtungen ab.

Das merkte ich zunehmend, als ich mir irgendwann bewusst wurde, das ich mich immer noch oft einsam und verletzt fühlte. Der einzige Weg um Liebe, Nähe und Wärme zu erfahren, liegt in der Öffnung gegenüber anderen. Als Jugendliche hatte ich mit meiner verschlossenen Art nur ganz wenige Freunde und stattdessen suchte ich die Nähe von Tieren. Schließlich ist der Hund doch der aller treueste Seelentröster.

Erst nachdem meine Oma gestorben war und ich meinem Elternhaus ganz den Rücken zukehrte, fasste ich allmählich wieder den Mut, mich anderen Menschen gegenüber zu öffnen. Ganz vorsichtig und langsam, immer mit einem gewissen Misstrauen behaftet. Jederzeit damit rechnend, hier das Gleiche vorzufinden, was ich von zu Hause kannte. Streit, Missgunst, Machtspiele.

Deswegen liebe ich meinen Zugang zur Spiritualität und zum Licht. Hier kann ich mich geliebt und geborgen fühlen. So ein Engelchen kann ganz schön viel Liebe, Trost, Kraft und Wärme spenden. Allerdings kann man es weder sehen noch anfassen. Trotzdem schön, dass es die Engel, das Licht, die göttliche Quelle und die Naturgeister gibt. Ich jedenfalls bin davon felsenfest überzeugt!

Meinen Freunden und einigen anderen Menschen, denen ich nach und nach in meinem Leben begegnete, bin ich sehr dankbar. Sie waren es, die mir geholfen haben, mich allmählich zu öffnen. Immer, wenn ich sie brauchte, waren sie für mich da und schenkten mir viel Zuneigung, Herzlichkeit und – nicht zu vergessen – Zeit. Ich wüsste nicht, wo ich ohne sie heute wäre. Dafür von mir ein ganz herzliches Danke schön. Ihr bedeutet mir unglaublich viel.

Alte Verletzungen

Auf der Straße liegt etwas und funkelt, ein Schmuckstück. Ich bin ein kleines Kind. Ich hebe es begeistert auf und spiele damit. Mein Vater kommt und nimmt es mir weg. Tobend und brüllend will ich es mir zurück holen, da funkelt er mich böse an und schlägt mir ins Gesicht. Voller Hass will ich mich wehren, habe jedoch zugleich das Gefühl, wenn ich jetzt weitermache, bringt er mich um. So verkrieche ich mich und bin still.

Diesmal soll ich die Seiten wechseln (sagt mein Therapeut ...).

Nicht möglich, da geh ich nicht rein! Dieser Vater ist viel zu groß, zu brutal, zu heftig. So bin ich nicht, so will ich nicht sein! Also soll ich ihm in die Augen schauen. Das kostet mich viel Überwindung. Was ich darin sehe, kann und will ich nicht glauben. Da fließt Liebe zu mir hin. So will ich das aber nicht. Ich sehe, das er traurig und hilflos ist. Er möchte wieder auf mich zu gehen. Aber ich will das nicht. Ich will mich nicht mehr verletzen lassen. Also drehe ich mich um und sperre die Tür hinter mir zu. Da hilft kein Bitten und keine guten Taten. Ich will nicht mehr, die Tür bleibt zu und Schluss ...

Als ich mit den Sitzungen begann, war ich der Meinung, mit meinem Vater würde hier nicht viel auftauchen. Zwar war seit einem guten halben Jahr mal wieder totale Funkstille, da ich mich von ihm wiederholt betrogen und benachteiligt fühlte. Ich wusste auch, dass er mich als Kind mal verprügelt hatte, allerdings nur aus

Erzählungen. Aber daran hatte ich selbst keine Erinnerung, tatsächlich kann ich mich nicht erinnern, jemals von irgendjemand heftig geschlagen worden zu sein. Außerdem hatten wir ein recht gutes verstandesbetontes Verhältnis.

Wie sie dem obigen Absatz vielleicht schon zwischen den Zeilen entnommen haben, war es eines meiner Hauptthemen. Immer wieder tauchte in dem Zusammenhang das Thema Macht und Ohnmacht, Gewalt und Aggression auf. Keine angenehmen Seiten dieser Sitzungen.

Ich fühlte mich hilflos ausgeliefert, bedroht und furchtbar klein. So ungefähr wie den meisten Personen gegenüber, die Macht auf mich ausüben können, wie Vorgesetzte oder Amtspersonen. Dann geh ich entweder gleich in Deckung oder in die Offensive. Dazwischen allerdings gibt es in schwierigen Situationen in meiner Skala leider kaum Varianten. Das macht das Leben nicht unbedingt leichter.

Streit gab es oft in der Familie, lautstark und heftig. Verletzend und destruktiv. Jeder fühlte sich im Recht. Durchgesetzt wurde, was derjenige sagte, der die Auseinandersetzung gewann oder am besten im Hintergrund die Fäden ziehen konnte. Somit rieche ich jedes Machtspiel bereits zwanzig Meilen gegen den Wind und manchmal sogar da, wo gar keines ist.

Wieder einmal würde ich mich jetzt gern als hilfreich, edel und gut, und als armes Opfer darstellen. Allerdings weiß ich viel zu gut, dass ich das nicht bin. Ich beherrsche die gesamte Palette der Durchsetzungsmöglichkeiten genauso sicher. Aber ich habe da noch zusätzlich die Taktik, die jeder Rhetoriker fürchtet – Schweigen und Mauern. Einer der härtesten Schutzwälle, die es gibt. Zugleich eine der heftigsten Waffen. Wie man im Mittelalter schon wusste: Hohe Steinburgen, mit Wällen und tiefen Wassergräben darum herum, und einer Pfeile schießenden Verteidigung hinter den Zinnen – da ist nur schwer reinkommen.

An diesem Punkt versagte selbst die Reinkarnationstherapie. Sie hat mir das Thema stark bewusst gemacht, aber eine Lösung sehe ich keine. Wie in der Sequenz bereits erwähnt – die Tür bleibt zu!

Achtung, jetzt mache ich es mal so wie im Fernsehen, wenn mit Unschuldsmiene und natürlich in bester Absicht davor gewarnt wird, sich den nächsten Film anzuschauen, falls man schwache Nerven hat. Sie waren bis jetzt schon der Meinung, es war heftig? Ich auch, aber die nächste Sitzung hat es noch übertrumpft. Nun geht es ganz tief hinab in den Keller des Unterbewusstseins, in die Kammer des Schreckens ...

Tief unten im Dunkeln

Nebel, nichts als Nebel. Als Beobachter warte ich auf das, was passiert, unbeteiligt und neutral. Dann taucht ein Wolf vor mir auf und signalisiert mir, dass ich ihm folgen soll. Also gehe ich ihm hinterher. Aus dem Nebel taucht ein schwarzer Berg in Form einer weiblichen Götterstatue vor uns auf und darunter geht es hinab in eine dunkle Höhle. Einen Moment zögere ich noch, dann folge ich dem Wolf in die immer weiter steil abwärts führenden Gänge. Seitlich in den Höhlen befinden sich immer wieder Nischen, in denen Fackeln brennen und dunkelhäutige, bunt bemalte Menschen in Trance der Göttin huldigen. Manche sind regelrecht in Ekstase.

Ich gehe weiter hinab, innerlich unbeteiligt und alles beobachtend dem Wolf hinterher, bis auf ein Steinpodest in einer sehr großen Höhle mit hoher Kuppel. Der Wolf setzt sich hin und so weiß ich, dass ich am richtigen Platz bin. Wir warten.

Vor dem Podest sind viele weitere dunkelhäutige und bemalte Menschen in Trance und beten auf Knien in meine Richtung die Göttin an. Vor mir auf dem Podest liegen 5 Menschen gefesselt und angekettet am Boden – meine Familie inklusive mir (Marion). Dann erscheint neben mir ein dunkler Hohepriester, gekleidet in Leder. Er spricht zu den Menschen vor dem Steinpodest und diese geraten wiederum in Ekstase. Im Anschluss beginnt er mit den Opferzeremonien. Im Namen der Göttin opfert er meinen Bruder, meine Eltern und Marion (mich). Dann schließlich bricht er ab und lässt meine Groß-mutter gehen. Es ist genug, das Racheopfer ist vollbracht ...

Warum ich diese Sitzung überhaupt mit aufgeführt und nicht einfach für mich behalten habe? Ich verrate es Ihnen: Sie war der Umkehrpunkt. Schon einmal davon gehört? Wenn man tief genug ins Dunkle hinunter geht, dann kommt irgendwann ein Punkt, an dem schlägt es um und geht aufwärts. Dazu musste ich an den richtigen Krisenpunkt gelangen, und den hatten wir hier gefunden.

Freiwillig und als Täter wäre ich in diese Sequenz vermutlich niemals hinein gegangen. Deshalb tauchte der Wolf auf, und hat mich geführt. Als unbeteiligte Beobachterin, die nichts tut, sondern einfach zuschaut. Naja, fast. Denn zu Beginn der Opferzeremonien musste ich die Rolle wechseln und war dann höchst persönlich als Hohepriester tätig.

Hier brach das heraus, was lange Zeit aufgestaut war: Wut, Angst, Zorn, Hass, Macht, ausgeliefert sein, Rache, Aggression, Schuldgefühle, Unsicherheit. Alles brach auf und heraus. Bezeichnend war, dass ich neben meinen Eltern und meinem Bruder auch mich selbst umbrachte. Jeden auf andere Art und Weise. Mir selbst (Marion) riss ich das Herz heraus und verbrannte es. Während dessen schaute ich mir in die Augen und stellte fest, dass ich mich selbst durchschaute. Es war vorbei, ich konnte mir nichts mehr selber vormachen. An diesem Punkt brach alles von mir über mich selbst herein. Alle Gefühle, alle Motive, alle Rechtfertigungen lagen offen. Sich selbst zu belügen und hinters Licht führen funktionierte nicht mehr.

Ich brauchte nach dieser Sitzung eine Phase, in der ich mich total zurückzog und mich nur mit mir selbst beschäftigte. Es ging gar nicht anders. Und vorhin, bevor ich dies aufgeschrieben habe, bin ich erstmal den Keller putzen gegangen – symbolisch sehr aussagefähig. Wischen wir schnell noch einmal durch das Unterbewusstsein. Natürlich lässt mich dieses Thema auch heute noch nicht kalt.

Wer, wo, was bin ich?

Ich sitze irgendwo im dunklen Brunnen, ganz tief. Kein fester Boden mehr in Sicht. Über mir Wasser, unter mir Wasser, um mich herum gerade noch eine Luftblase und langsam wird sie immer kleiner. Ich weiß nichts mehr. Wo bin ich? Wer bin ich? Was will ich hier? Dreh ich jetzt durch?

Ich möchte weinen und kann nicht, ich möchte denken und kann nicht, eigentlich verkrieche ich mich nur noch. Wie geht das weiter? Will nur noch weg. Bin kurz vorm verrückt werden ...

Dies war kein Bild aus einer Sitzung, sondern eine Phase, die ich im Anschluss durchlief. Allein zu Hause saß ich auf dem Boden vor meinem Bett und versuchte irgendwie herauszufinden, wer ich denn jetzt eigentlich bin. Ein Monster? Eine Furcht erregende Kreatur? Eine Hexe? Oder doch das Opfer? Oder nichts davon? Oder alles gleichzeitig? Ich kannte mich selbst nicht mehr. Kannte mich nicht mehr aus. War nur noch durcheinander und orientierungslos.

Zu gern hätte ich geweint, um die Gefühle endlich fließen zu lassen und den Druck loszuwerden. Es ging einfach nicht. Nichts ging mehr. Ich fühlte mich reif für die Einweisung in die nächste Nervenheilanstalt. Einmal hinein und nie mehr heraus, bitte. Inklusive Vollpension und Unterkunft.

Kennen Sie das Gefühl ganz unten und total am Boden zerstört zu sein? Dann können Sie vielleicht nachvollziehen, was ich jetzt getan hab. Keine Angst, nichts Dramatisches, ganz im Gegenteil.

Ich rief lediglich ganz kurz zwei Freundinnen an, damit sie mir Energie schicken (typisches Reikianerverhalten, wenn es denen schlecht geht). Rief meine Heilpraktikerin an und bestellte mir ein richtig gutes Nahrungsergänzungsmittel, das nur der Körper weiter mitmacht. Räucherte und putzte ein wenig die Wohnung, ging einkaufen, trank mir mit ein paar Gläsern Wein eine gute Bettschwere an und ging schlafen. Das war es schon. Zurück in den Alltag. Irgendwie geht es schon weiter.

Ich hatte keine Ahnung, wer oder was ich bin.

Dennoch: Ich Bin.

In Höhlen gefangen

Im Dunkeln taste ich nach Halt. Unter mir spitze Steine, an denen ich mir die Zehen anstoße und die Füße verletze. Seitlich tastbar sind Wände aus Fels, mit scharfen Vorsprüngen und manchmal bewegt sich etwas Krabbelndes unter meinen Fingerspitzen. Iiiihhh. Nichts ist zu erkennen, nur mühsam taste ich mich blind voran. Lange Zeit bin ich so unterwegs, habe Angst und Hunger, bin einsam und verletzt. Dann kommt ein Licht in Sicht. Drei Höhlen tun sich vor mir auf. Die Linke ist mit Fackeln beleuchtet und leer. Die Rechte ist ebenfalls mit Fackeln beleuchtet und darin steht ein Altar. Hinter der mittleren Höhle liegt der Ausgang. Aber darin sind betrunkene Männer an einem Lagerfeuer. Wilde und raue Kerle, die raufen und mit Messern spielen und furchtbar laut sind. Ich traue mich nicht heraus, aber ich will auch nicht zurück. So bleibe ich unentschlossen im halb schattigen Höhlenausgang und finde keinen Ausweg ...

Die Zeit der heftigen Gefühle der vorherigen Sitzungen ist vorbei. Irgendwie sind die meisten davon einfach verschwunden. Natürlich nicht auf nimmer Wiedersehen, denn ich rege mich durchaus mal hin und wieder über etwas auf. Aber dieser riesige Druck und die enorme Anspannung sind vorbei. Wenn ich jetzt Bekannten begegnete, hörte ich nur: „Mensch siehst du gut aus. Und du bist so entspannt und gelassen." Nach den Erlebnissen der letzten Wochen kein Problem. Das dürfte kaum noch zu toppen sein.

So änderten sich jetzt auch die Inhalte der Bilder. Es ging

langsam in eine neue Richtung. Zunächst blieb einfach diese große Orientierungslosigkeit. Weiterhin war ich auf der Suche nach mir, meinen Wünschen und Zielen. Symbolisch: Ich irrte blind durch die Gänge.

Schließlich fand ich den Ausweg. Aber noch geht es da nicht raus, denn die Angst ist noch da. In „Gespräche mit Gott Band 1" von Neale Donald Walsh geht es irgendwann um den stiftenden Gedanken und die tiefsten Gefühle. Die beiden grundlegenden Gefühle sind Liebe und Angst. Im Moment war ich noch bei der Angst. Doch irgendwie war das gar nicht so schlimm. Ich saß halt gerade fest. Da ich jedoch in letzter Zeit eine Menge Themen in einem irren Tempo durchlaufen hatte, war das nun mein geringstes Problem. Dann bleibe ich eben noch eine Weile da, wo ich gerade bin.

Zu Hause

Über mir an der Decke sind Lichtspiele. Ich liebe das Licht und habe das Gefühl, das Wesen darin sind. Dann erscheint das Gesicht einer jungen Frau über meinem Bettchen. Ich bin ein etwa 6 Monate altes Baby und die Frau ist meine Ziehmutter. Eine Mutter habe ich nicht, vermisse sie aber auch nicht, denn hier bin ich gut aufgehoben. Ich fühle mich geliebt und umsorgt.
Etwas später, im Alter von etwa 5 Jahren, lebe ich immer noch bei dieser Ziehmutter in einer Hütte im Wald. Sie zeigt mir, wie man aus Kräutern und Pflanzen Salben herstellt und andere Menschen heilt, erweitert meinen Sinn für Spiritualität und festigt mich in meinem Glauben. Oft bin ich im Wald unterwegs um Beeren, Pilze oder Kräuter für sie zu sammeln. Manchmal sitze ich verträumt am Fluss oder See, und nehme Kontakt mit den Wesen im Licht auf. Im Dorf in der Nähe spiele ich mit den Kindern und habe eine gute Freundin, der ich vertraue. Ich bin zu Hause ...

Die weise Frau und das Licht – zwei Faktoren, die in fast jeder meiner Sitzungen auftauchten. Da ich hier ja größtenteils immer nur Sequenzen wiedergebe, habe ich sie bisher noch für mich behalten. Sie war die stärkste Person meiner inneren Mannschaft und ich fühlte mich in ihrer Gegenwart immer wohl.

Stets beschäftigte sie sich mit den Themen Heilen und Pflanzen, lebte irgendwo in der Nähe von Dorfgemeinschaften allein im Wald und hatte Kinder bei sich, um die sie sich kümmerte. Kinder stehen in der Symbolik übrigens für Gefühle.

Gerade jetzt tat sie mir richtig gut, denn sie vermittelte die Kraft und die Liebe, die ich dringend benötigte. Ich fand wieder mehr zu mir selbst und fühlte mich zunehmend in mir zu Hause. Immerhin ist sie ein Teil von mir, wie alle auftauchenden Personen in meinen Bildern.

Zudem ist das Heilen ein wachsender Teil meiner Tätigkeit. Nicht das Heilen des Körpers, dazu bin ich vermutlich wenig geeignet, denn da sollte ich erstmal bei mir selbst ansetzen. Das Heilen der Gefühle und der Seele liegt mir am Herzen – soweit es mit Reiki, Lichtarbeit und Beratungsgesprächen halt möglich ist. Irgendwann werde ich vielleicht doch noch selbst Psychologin ...

Das Licht als Sinnbild für den Zugang zur Spiritualität gehört zu mir wie die Luft zum Atmen. Ich kann mir gar nicht mehr vorstellen, diesen Zugang nicht zu haben. Ich liebe die Arbeit mit Energien, Engeln und Naturwesen. Seit den hier geschilderten Erfahrungen hat sich einiges verändert. Ich habe keine Angst mehr davor, mit meinen Klienten in wirklich tiefe Gefühle hinabzusteigen. Denn ich habe sie gesehen und hautnah erlebt. Es gibt nicht viel, wobei ich jetzt noch Angst vorm Hinsehen hätte. Zum anderen wurden die Energien stärker. Es war wie eine riesige energetische und emotionale Reinigung – der Kanal ist geputzt.

Die Glaskugel

Unter dem Sternenhimmel und einem hell leuchtenden Vollmond stehe ich als Hohepriesterin, in einem dunkelblauen Gewand gekleidet, allein inmitten einer Runde von Menschen in hellen Gewändern. Sie alle sehen mir zu und unterstützen mich gern. Aber was jetzt ansteht, muss ich alleine tun. Ich beginne das Ritual, hebe die Arme und verbinde mich mit den Energien der Gestirne. Im Anschluss blicke ich in eine Schale mit Wasser.

Aus dem Wasser blickt mir mein Spiegelbild entgegen, gefangen in einer energetischen Kugel, die ausschaut wie aus Glas geblasen. Ich versuche mich mit der Person in der Kugel zu verbinden und die Glaswände mit Hilfe von Energiegaben zu durchdringen. Jedoch die Wände der Kugel sind zu stabil und ich komme nicht durch. Mir wird klar, dass es nur einen Weg gibt, diese Kugel aufzulösen – von innen. Trotzdem sende ich weiter von außen vorsichtig warme und sanfte Energie darauf.

Mein Spiegelbild in der Kugel merkt, das ihr geholfen werden soll. Sie merkt auch, dass es nur funktionieren kann, wenn sie selbst die Initiative ergreift. So schließt sie die Augen und holt sich ein Bild von einer warmen familiären Situation. Sie tankt auf – Liebe, Wärme, Kraft und Schutz. Mit all dieser Energie wirkt sie nun von innen auf die Kugel ein. Langsam bekommen die Wände Löcher und schließlich fällt die Kugel zusammen und mein Spiegelbild steigt aus dem Wasser.

Wir blicken uns in die Augen und dann helfe ich ihr ebenfalls in ein dunkelblaues Gewand. Wir treten nah zueinander. Nach und nach verschmelzen wir zu einer Person. Ich weiß, ich muss das Ritual zu Ende bringen.

Wieder verbinde ich mich mit den Sternen und bedanke mich bei allen helfenden Wesen. Der Kreis der Menschen um mich herum beobachtet den gesamten Vorgang staunend und voller Freude. Sie bleiben jedoch in respektvollem Abstand. Ich fühle mich aufgeladen und stark. Ganz im Verbund mit meinen Gefühlen von Liebe, Wärme, Vertrauen und Heiterkeit ...

Hm, wenn ich an diese Sitzung denke, gerate ich immer noch ins Schwärmen. Am liebsten nochmal und nochmal und nochmal hören oder lesen oder in Gedanken durchgehen. Schön. Wunderschön.

Zum ersten Mal fallen die Mauern komplett. Ich fühle mich wieder vereint. Voll und ganz im Verbund mit meinen Gefühlen. Herrlich.

Nach diesen Bildern bin ich erstmal ganz entspannt durch die City geschlendert und ein Eis essen gegangen. Hab unterwegs mit dem Eismann geflirtet. Ich fühlte mich voller Spannkraft und Energie.

Das Leben ist schön und äußerst lebenswert.

Der Weg ins Licht

Wieder bin ich in den Höhlen und Gängen unterwegs. Es ist immer noch so dunkel wie beim letzten Mal. Diesmal jedoch weiß ich, in welche Richtung ich gehen muss, um wieder an die Kreuzung mit den drei Höhlen zu gelangen. Erneut stehe ich im Halbschatten und weiß nicht, was ich tun soll. Doch dann bin ich es leid! Jetzt gehe ich da durch!

Mutig und mit Schwung laufe ich mitten durch die Kerle am Lagerfeuer und nehme auf dem Weg mal flugs einem von ihnen ein großes Messer ab. Ich komme bis kurz vor den Ausgang. Da steht er, der größte von ihnen, mit funkelnden Augen und höhnisch hochgezogenem Mundwinkel. Durch seinen Körper verwehrt er mir die Möglichkeit, nach draußen zu gelangen.

Ratlos und mich im Kopf überschlagend überlege ich hin und her. Soll ich aufgeben, umdrehen und zurück flüchten? Oder soll ich das Messer gebrauchen? Aber das will ich nicht, ich will keine Gewalt anwenden. Dann kommt mir eine Idee. Eine total verrückte Idee und ich führe sie durch. Ich lasse das Messer fallen, stoße ihn mit beiden Händen gegen die Brust und schiebe ihn dann einfach weiter. Während er noch ganz überrascht schaut, gelangen wir ins Freie. Das Licht der Sonne scheint. Die Helligkeit und Wärme ist himmlisch und ich tanke sichtlich auf. Er jedoch schrumpft vor meinen Augen auf eine winzige Größe zusammen ...

Diesmal habe ich es geschafft. Mit all der Kraft und Stärke, die ich in den letzten Sitzungen zuvor tanken konnte, bin ich nun wieder zurück ins Licht gelangt. Auf direktem Wege, einfach so. Es war gar nicht besonders schwierig, die Angst zu überwinden und loszugehen.

Der schwierigste Moment war der, als ich mit dem Messer in der Hand vor dem Mann stand. Denn hier war ich in einem inneren Konflikt. Soll ich jetzt mit Gewalt durchgreifen? Aber ich wollte einfach keine Gewalt anwenden, für Aggressionen und Machtspiele war hier kein Platz mehr.

Nachdem ich das Messer einmal losgelassen habe, war der Rest ganz einfach. Am meisten überrascht hatte mich der Moment, als der Mann im Licht zusammenschrumpfte. Verschwunden ist er nicht, aber über Stecknadelkopfgröße kam er nicht mehr hinaus.

Während die letzten Sitzungen nur Veränderungen in meinem Gefühlsleben mit sich brachten, kam jetzt allgemein wieder mehr Dynamik in mein gesamtes Leben. Ich trat wieder aus der Versenkung heraus. Ich bin wieder da!

Der Aufstieg

Mitten im Wald, am Rande eines Berges, lebe ich als Frau in einer Hütte. Eines Tages kommt eine Frau aus dem Dorf zu mir und fragt mich, ob ich sie zu dem Gipfel des Berges führen könnte. Sie will sehen, wie es ist, dort oben zu stehen und sich selbst zu beweisen, dass sie es schaffen kann, dorthin zu gelangen. Am nächsten Morgen brechen wir in aller Frühe auf. Der Weg durch den Wald fällt ihr leicht, aber als es auf dem Pfad bergauf geht, beginnt sie schwer zu atmen. Untrainiert wie sie ist, hat sie bereits hier zu kämpfen. Aber sie hält durch!
Als wir zu einer kleinen Felswand kommen, gibt es nur einen Weg nach oben. Jetzt heißt es klettern. Ich steige voran und zeige ihr, wie es geht, und wohin sie greifen oder treten soll. Zunächst kommt sie zurecht, aber schließlich geht nichts mehr. Sie befindet sich an einer Stelle, von der aus sie die nächsten Felsen zum Festhalten nicht sehen kann und weiß nicht mehr vor und zurück. Sie hat Angst zu fallen und hört mir nicht mehr zu. Der Kontakt zwischen uns bricht ab. Irgendwann jedoch atmet sie durch und beginnt, mit der freien Hand die Felsen in der Nähe abzutasten. Sie stößt sich die Finger und braucht einige Versuche, aber dann schafft sie es doch. Aus eigener Anstrengung überwindet sie die Felswand, gelangt bis zum Gipfel und spürt ihre Kraft ...

Der Wunsch weiter zu kommen und die Hindernisse, die noch im Weg standen, zu überwinden, trieb mich hier an. Ich wollte endlich wissen, was mich davon abhielt, voran zu kommen. Vor allem beruflich mit meiner Selbstständigkeit.

Der Anfang im Wald war richtig nett und entspannt. Die Felswand jedoch war eine Prüfung. Nichts konnte mir helfen, dort hinauf zu gelangen. In der Rolle der untrainierten Frau – ein Bild, das nun wirklich bestens zu mir passt – musste ich kämpfen und probieren und durfte nicht aufgeben. Die Führerin konnte von ihrer Position aus nur hilflos zusehen und versuchen, mir zu sagen, was ich machen soll. Aber ehrlich gesagt hörte ich ihr dann sowieso nicht mehr zu. Ich war bis über beide Ohren damit beschäftigt, mich festzuhalten. Mehr als einmal hatte ich Angst, abzustürzen. Aber dann gelang es schließlich doch.

Netter weise durfte ich diese Sequenz gleich dreimal wiederholen. Immer wieder wurde ich zurückgeschickt, um noch einmal hinauf zu steigen. Es ging immer einfacher und beim letzten Mal war es fast wie spazieren gehen – und oben war ich. Wenn das mit dem Beruf mal genauso leicht ginge. Aber immerhin, es gibt Fortschritte.

Die innere Tafelrunde

Hier sind sie nun versammelt, die wichtigsten „Personen" meiner Reisen nach Innen. Zuerst erscheint die Beobachterin und sondiert die Lage. Sie lehnt an einer alten, griechischen Säule, neben ihr liegt der Wolf und um sie her flattern die Schmetterlinge. Rundherum ist eine rechteckige Plattform wie von einem Tempel, an deren Seiten entlang weitere Säulen stehen. Das Dach fehlt, so dass der blaue Himmel mit ein paar Schäfchenwolken zu sehen ist. In der Mitte des ehemaligen Tempels befindet sich ein großer runder Tisch, farblich eingeteilt in Abschnitte, an denen jeweils ein Stuhl aus Holz steht.

Zwei Kinder laufen auf den Tisch zu. Das Mädchen, das hinter den Mauern weg gesperrt war, setzt sich brav an den Tisch und wartet. Das Kind, das verprügelt wurde, hüpft umher und sieht sich überall um. Den beiden folgt der Seefahrer. Er fühlt sich stark und frei, lebt auf seiner Insel und hat sich ein neues Leben aufgebaut. Müde geht der Rudersklave hinterher, setzt sich an den Tisch und sinkt leicht in sich zusammen. Ihm fehlt es weiterhin an Energie und am liebsten möchte er einfach nur schlafen.

Jetzt endlich betritt die weise Frau den Raum. Sofort ist ihr die Aufmerksamkeit aller Anwesenden sicher. Ruhig und selbstbewusst setzt sie sich neben das Kind an den Tisch und nimmt es leicht in den Arm, während sie mit dem Seefahrer eine Unterhaltung beginnt. Ganz selbstverständlich übernimmt sie die Führung.

Die Frau aus den Höhlen und Gängen kommt ihr hinterher und setzt sich rechts neben die weise Frau. Die beiden kennen sich gut und sind enge Vertraute. Als nächste kommt die zielbewusste Bergführerin in den

Tempel, geht direkt auf den Tisch zu und platziert sich zwischen den beiden Seemännern. Das Gespräch am Tisch wird lebhafter und selbst der Rudersklave lebt etwas auf.
Doch einer fehlt noch – die aggressive und dominante Vaterfigur. Er steht in der am weitesten entfernten Ecke und möchte am liebsten wieder gehen. Hier ist er nicht willkommen. Trotzdem gehört er dazu ...

Abschließend ging es darum, alle wesentlichen Personen der Sitzungen noch einmal zusammenzutrommeln und an einen Tisch zu holen. Schon spannend, wer da wieder auftauchte und wie die Figuren miteinander in Beziehung traten. Auch die weiterhin offene und nicht integrierte Baustelle war natürlich prompt zur Stelle.

Irgendwie passte nun alles zusammen. Jeder Anteil war da, wo er hingehörte. Alle zusammen bilden ein Team oder eine Mannschaft. Ich habe nicht mehr das Gefühl, irgendwie in innere Einzelteile zersplittert zu sein. Es hat sich so zusammengefunden, wie es für mich stimmig ist.

Der Schmetterling fliegt los

Ein letztes Mal bin ich als Frau in den Höhlen und unter-
irdischen Gängen unterwegs. Die Wände fluoreszieren
wie von einer fahlen Lichtquelle bestrahlt, und in der
Ferne ist ein helles Schimmern erkennbar. In dieser
Richtung folge ich dem Weg und gehe langsam auf den
Ausgang der Höhle zu. Er liegt an einem steilen Abhang.
Unter mir glitzert ein weiter See und über mir geht es
hoch hinauf auf eine Klippe. Ich zögere: Soll ich nun
hinunter oder hinauf klettern? Es ist so steil – werde ich
stürzen? Kann ich mich irgendwo festhalten? Aber wie
...?
Noch während ich überlege, keimt in mir ein verrückter
Gedanke. Warum klettern? Eine Stimme in mir säuselt:
„Spring in den Wind." Noch ein Moment der Angst, ein
letztes Zögern und dann springe ich. Es ist herrlich. Der
Wind trägt mich und bläst mir angenehm um die Ohren,
während ich mich ihm anvertraue und durch die Luft auf-
und absegele. Ich fliege ...

Eigentlich war dies die vorletzte Sitzung, aber für
mich bildet dieses Bild den richtigen Abschluss. Die
Tafelrunde danach war eher wie noch einmal zusammen-
kommen und gemeinsam plauschen. Hier jedoch zeigte
sich für mich das wirkliche Resultat der ganzen Aktion.

Ein letztes Mal ging es zurück in die Höhlen, nur diesmal
war es anders als zuvor. Ich konnte darin sehen, kannte
mich aus. Keine Angst, keine Unsicherheit, kein Anstoßen an irgendwelchen Steinen oder Kanten. Dann der
letztendliche Höhepunkt: Der freie Sprung in den Wind.

Voller Vertrauen ließ ich mich vom Wind tragen, auf und ab, und ein paar Loopings waren auch dabei. Herrlich, ganz frei, wie ein Vogel – oder ein Schmetterling. Alleine für dieses Gefühl würde ich es jederzeit wieder tun, wenn es nötig wäre. Auch wenn ich durchaus froh bin, die ganze Prozedur überstanden zu haben und abzuschließen.

Zum Abschluss

Das waren sie, einige Stationen aus dem Weg zu mir, den ich gegangen bin. Alle waren etwas besonderes, viele schmerzhaft, manche furchtbar, einige wunderschön. Es gibt keine Garantien oder Sicherheitsleinen, wenn man losgeht. Jeder beginnt an seinem persönlichen Startplatz, zu seiner Zeit, unter individuellen Bedingungen – und auf eigenes Risiko. Niemand kann Ihnen sicher vorhersagen, auf was Sie dabei alles stoßen werden. Manche Baustelle ist Ihnen vielleicht zuvor bereits bekannt, andere tauchen überraschend und unvermutet auf. Einige Themen gehen glimpflicher aus als gedacht, einige verlaufen sich im Nichts oder stellen sich als unwichtige Nebenplätze heraus. Andere wiederum treffen voll ins Schwarze. Es ist ein Abenteuer der besonderen Art.

Sollten Sie sich entschlossen haben, Ihren persönlichen Weg zur individuellen Entwicklung und Entdeckung Ihres Selbst antreten zu wollen, wünsche ich ihnen dabei viele spannende Erkenntnisse und Erfahrungen. Was hinterher dabei heraus kommt, davon müssen sie sich überraschen lassen. Sicherlich wird es in Ihnen einiges verändern. In welcher Hinsicht auch immer.

Lichtvolle Seelengrüße
Marion Cremer

Marion Cremer

Klassische Astrologin & Reiki-Lehrerin

Mail: hallo@marioncremer.com

http://www.marioncremer.com

Konrad Hügel ist psychotherapeutischer Heilpraktiker und Reinkarnationstherapeut. Er praktiziert Reinkarnationstherapie nach Thorwald Dethlefsen und wurde als Reinkarnationstherapeut an der Münchner Schule von Gaby und Mathias Wendel ausgebildet.

Konrad Hügel
www.wegederliebe.de
Kontakt: mail@konrad-huegel.de

Reinkarnationstherapie ist eine Reise in die Tiefen des eigenen Unbewussten, in die Seele, um dem letztendlichen Ziel des menschlichen Da-Seins näher zu kommen, nämlich vollkommener Liebe und Eins-Sein mit allem was ist.